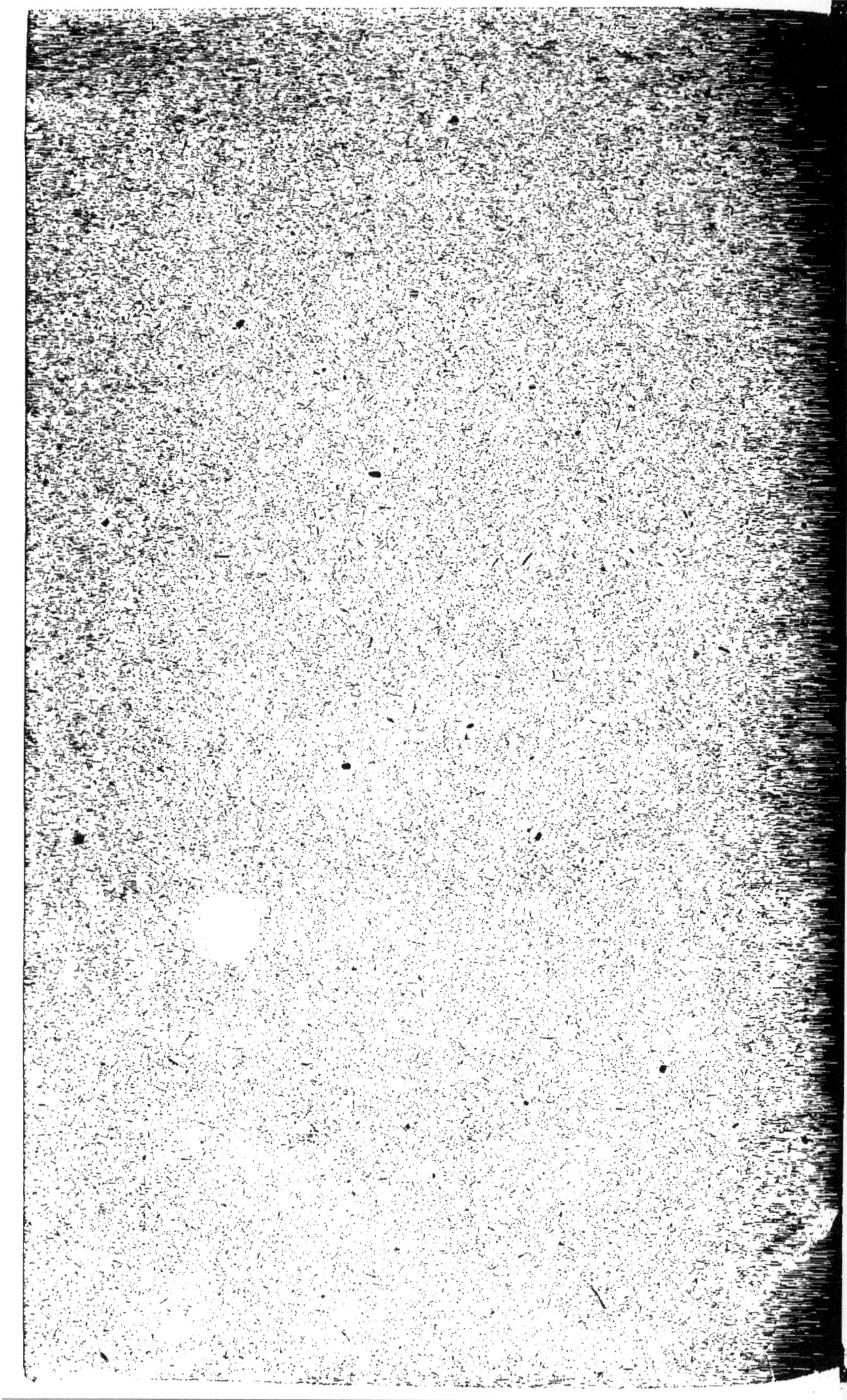

on se rendait dans des lieux obscurs, où chacun se reconnaissait par des signes ; les femmes et les hommes portaient des morceaux de bois ou de métal, où se trouvaient gravées des figures pour se prémunir contre le sort et les malices. »

Je suis entré dans tous ces détails pour montrer que, dans le fond de leurs doctrines, comme dans les formes extérieures, les hérésies nouvelles n'étaient point nées spontanément, mais s'offraient comme une tradition des enseignemens secrets et philosophiques empruntés à l'antiquité. Si elles se répandirent plus facilement dans le Languedoc, au midi de la France, c'est que les traces de l'arianisme n'étaient point encore complètement effacées, et que ces populations, plus libres, plus éclairées, et peut-être plus portées vers les nouveautés religieuses, embrassaient volontiers des doctrines qui les affranchissaient du joug de l'Église romaine.

Il est un point de vue philosophique sous lequel on ne saurait trop considérer les hérésies : elles furent le premier germe de l'indépendance des opinions. Il ne s'agit pas de juger des systèmes religieux en eux-mêmes ; dans notre temps tout rationnel et positif, ce serait peine inutile. Il suffit de dire qu'ils commencèrent à frapper le dogme de l'autorité, et c'était déjà une grande conquête pour l'esprit humain.

Cette tendance de l'hérésie vers la liberté de la pensée et l'indépendance de la raison, était bien comprise par la cour de Rome dans le moyen-âge, et cela explique cette persévérance avec laquelle elle les poursuivit par l'inquisition et les bûchers.

Le prochain article sera consacré aux Bohémiens et aux Juifs.

CAPEFIGUE.

MARINO FALIERO,

MÉLODRAME

EN CINQ ACTES ET EN VERS,

Par M. Casimir Delavigne,

MEMBRE DE L'ACADÉMIE FRANÇAISE;

Représenté le 31 mai 1829,

AU THÉATRE DE LA PORTE SAINT-MARTIN.

Le recueil auquel nous confions ces considérations rapides n'est ouvert qu'à des travaux spéciaux, qu'à des pages destinées à l'entretenir de notions nouvelles, et jeunes au moins par la forme, quand elles ne le sont plus par le fond. Il n'a pu admettre par conséquent ce genre de critique littéraire, tout nourri de faits actuels, tout vivant d'une vie d'un jour, tout fondé sur l'hypothèse d'une disgrâce que l'avenir peut réparer, ou d'un triomphe sans avenir. Cependant, en s'asseyant sur des bases plus larges et plus profondes, en cherchant à jeter ses semaines à travers les années, en se défendant les luttes ingénieuses de la polémique, et jusqu'aux plaisirs si doux de la louange, la *Revue* ne s'est pas interdit le droit de laisser quelques jalons sur son chemin hebdomadaire, quand un événement inatendu prête à la littérature contemporaine un aspect piquant et instructif, quand un esprit de renouvellement, qui est propre à certaines époques, modifie tout à coup les formes reçues, quand du fait vulgaire de la publication d'un livre ou de la représentation d'un ouvrage dramatique, il sort un de ces faits inaccoutumés et puissans dont les conséquences peuvent influer long-temps sur la vie intellectuelle des peuples. L'apparition de *Marino Faliero*, drame en cinq actes et en vers sur un théâtre jusqu'ici très-secondaire, est un de ces événemens; et il faut convenir d'abord qu'il tire une grande partie de son importance du nom de l'auteur, que de grands et justes succès ont placé au premier rang des écrivains de ce temps qui font autorité, et dont l'exemple impose des règles ou justifie des licences.

Il y a dans ce fait deux déplacemens remarquables, le premier, celui du genre de l'auteur qui, jusqu'ici, respectueusement fidèle aux doctrines immobiles de la tragédie, semble vouloir s'en affranchir tout à coup, soit en puisant son sujet dans une source suspecte à l'ancienne école, soit en lui imprimant une physionomie insolite, et en le soumettant à ce cortége d'accessoires que notre classicisme scénique répudie encore ; le second, celui du théâtre même où ce sujet est transporté, et qui n'a, le plus souvent, retenti que des accens frénétiques du mélodrame. Il y a là deux choses qui plaisent à l'esprit de l'époque, et qui sont par conséquent de nature à faire une profonde impression sur tout le monde ; ce sont deux émancipations, deux libertés acquises, et quel cœur ne palpite aujourd'hui à de pareilles idées ? Mais la littérature, comme la politique, ne doit pas être jugée tout-à-fait par sentiment. Les émancipations ont un jour d'éclat qui doit être suivi d'un grand nombre de jours, et ces jours ou ces résultats laissent, pendant long-temps, de grandes questions à résoudre. Ici, elles se présentent en foule, et je me garderai bien d'y toucher. Je suis placé trop loin de ce genre de débats par mes études et par mes habitudes, pour y porter quelque lumière. Si j'y reviens un jour, ce sera pour les considérer sous d'autres points de vue. On n'a pas assez dit, par exemple, que le mouvement de nos idées politiques avait dû nécessairement produire, sinon un changement total, du moins d'immenses modifications dans la constitution du drame. Depuis une quarantaine d'années, on s'est aperçu en France qu'il y avait un être réel, palpable, animé, passablement dramatique, et cependant jusqu'à nous tout-à-fait oublié par les metteurs en œuvre de la scène, qui s'appelle le peuple ; et comme le peuple est entré partout dès-lors, ou en droit ou en fait, dans les mutations de l'État, dans les émotions de la politique, dans les institutions données ou ravies, et surtout dans l'histoire, il a dû arriver naturellement que ce nouveau personnage, inquiet, remuant, usurpateur de sa nature, n'ait pas dédaigné une place dans la tragédie. Il sait faire aussi des tragédies ; personne même n'en fait comme lui, les rois les plus classiques n'en auraient pas fait sans lui. En entrant dans la composition théâtrale, il n'a voulu que reprendre son rôle, comme il l'a repris dans l'organisation sociale dont il est le premier élément. Vous le feriez rire aujourd'hui en lui montrant des conspirations qui s'ourdissent dans la salle du conseil, et qui se dénouent dans la salle du trône, des révolutions *intrà-muros* qui changent la destinée d'un empire, entre deux tyrans, deux confidens, deux traîtres et deux amoureux, escortés tout au plus d'une demi-douzaine de figurans à hallebarde ; une sédition romaine sans *forum*, une révolte napolitaine sans *lazzaroni*. Je le répète, le peuple veut se voir où il est, et vous ne lui persuaderiez plus qu'il était resté chez lui le jour de la disgrâce de Coriolan ou de la mort de César. Ce n'est pas là toute la question, mais une partie de la question est là.

Après ces aperçus bien incomplets quant à l'importance du sujet, mais bien longs pour le lecteur, et je sais pourquoi, arrivons au théâtre, qui nous dédommagera, cette fois, de la stérile maigreur du *proscenium*. Hâtons-nous de dire que le succès de *Marino Faliero*, un des plus mémorables du théâtre, a été aussi un des plus éclatans et des moins contestés. Je ne sais si l'administration du lieu avait recouru cette fois à l'ignoble et honteuse ressource des applaudisseurs gagés, mais elle expierait cette insulte au bon goût et à la pudeur du public, par le regret de s'être armée à ses dépens d'une précaution inutile. Les applaudisseurs étaient partout, et le silence curieux de l'attention émue suspendait seul les applaudissemens. C'est un triomphe loyal, un triomphe complet, qui n'aurait été ni plus ni moins entier, au jugement de la cour et à celui du *gratis*. C'est, comme je le disais tout à l'heure, quelque chose de plus qu'un fait littéraire ; c'est un événement essentiel, c'est une date qui ne s'effacera point.

Je ne conclus pas de là que *Marino Faliero* soit un ouvrage sans reproche ; je blesserais l'auteur lui-même en donnant à cette pièce le premier rang parmi les siennes, puisque le système général de composition qu'il a presque toujours suivi appartient à Byron, et qu'on ne pouvait pas mieux faire que de le suivre. Ce qui a révélé dans le poëte un véritable progrès, c'est la partie de l'art où l'on dit depuis si long-temps qu'il est maître. C'est le style. Je connais tel admirateur et tel ami de Casimir Delavigne que l'admiration et l'amitié n'ont pas tellement prévenu qu'il ne lui restât quelquefois à désirer, à travers son éloquence fluide, et sa pompe majestueuse, et son harmonie sonore, un peu de naïveté et d'abandon. Ce n'est pas tout que de répandre à main ouverte des cascatelles de mots retentissans ; il faut que ce murmure doré de la parole ne soit pas perdu pour l'ame, et cela arrive quelquefois en vers et en prose. Dans *Marino Faliero,* le dialogue est presque toujours plein, animé, propre à la situation et aux personnages, empreint de la mollesse du courtisan, de l'énergie du conspirateur, de la dignité du doge, de la naïveté austère de l'homme du peuple ; il est quelquefois si vif, si naturel, si bien coupé comme de l'excellente prose, qu'on croirait que le romantique a passé par-là. Et voilà le style. Encore quelques efforts, et il serait débarrassé de ce placage éblouissant de descriptions qu'il ne faut pas perdre, mais qu'il ne

faut pas déplacer; qui sont délicieuses à la lecture, quand elles en-
richissent un récit de peu d'intérêt, mais qui sont pénibles dans le
dr..me, parce qu'elles brisent sous vos yeux le prisme de l'illusion,
et que derrière ces iris prestigieux de la peinture déclamée, vous ne
voyez qu'un écrivain habile qui fait du pittoresque à froid. Le poète
n'a point de plus grand ennemi que le périodiste aux brillans épi-
sodes, que le phrasier aux circonlocutions ambitieuses. Le bon sens
de la génération actuelle commence à faire justice de la périphrase
si chère à notre dernière école dramatique, et il n'y aura bientôt
plus que les mercenaires de la cabale qui oseront accueillir de leur
suffrage honteux ce vers factice et faux qu'on appelle le vers à effet. Tout le monde comprend déjà que le vrai mérite du style dramatique, c'est le naturel, et il n'y a rien de moins naturel que ces
phrases à prétention qui commandent le *brouhaha*, quand l'action
ne demande que le développement naïf d'un sentiment. Sous ce
rapport, je dois le redire encore, le style de M. Casimir Delavigne
me paraît annoncer d'immenses progrès, et je me félicite de pou-
voir en faire un éloge qui paraîtra probablement fort nouveau : il
y a dans *Marino Faliero* peu de vers à citer, peu de ces vers qui se
tiennent seuls et debout, précisément parce qu'ils ne tiennent à
rien, et que la foule répète en sortant d'une représentation dramatique dont elle n'a pas pu emporter autre chose. Nul doute qu'il ne
persiste à l'avenir dans cette excellente voie, qu'il ne s'enrichisse
tous les jours de la perte volontaire de ce luxe si pauvre qui gâte la
nature, et que son admirable talent n'arrive enfin à la plus haute
expression du talent, à la simplicité. Cela n'est pas aisé quand on
a derrière soi Voltaire et tout son monde ; mais le succès n'en sera
que plus beau, et le premier pas est fait.

Il ne faut pas plus de temps pour raconter l'histoire de Marino
Faliero, que pour dire qu'elle est trop connue pour avoir besoin
d'être racontée. C'était un doge de Venise, presque octogénaire, et
mari d'une jeune et belle femme. Elle avait été outragée dans un
écriteau diffamatoire dont Faliero découvrit l'auteur. Il demanda
vengeance, il l'obtint, et cette vengeance accordée à sa juste co-
lère ne fut qu'une dérision plus cruelle que l'outrage. On punit

l'offenseur d'une peine qui n'aurait pas lavé l'affront du dernier des gondoliers. Faliero, indigné contre le patriciat vénitien, se saisit de la première occasion venue pour exercer une vengeance plus ample. Il pénétra le mystère d'une conspiration du peuple contre les nobles, et s'en fit le chef; il fut trahi, et mourut. Byron, qui ne laissera peut-être pas de grands souvenirs comme poëte dramatique, s'est emparé de ce sujet avec une sagesse et une sobriété d'imagination dont il faut cependant lui tenir compte. Fidèle à une belle tradition, il l'a transportée sur la scène comme il l'avait reçue. C'est un sujet gothique soumis aux formes de l'école grecque. On croirait que la pièce anglaise est écrite sous la dictée de l'Italien Alfieri.

J'avoue que le chaste amour de ce vieillard pour une jeune fille, pleine d'innocence et de grâce, qu'il a comme adoptée en l'épousant, soit qu'il voulût protéger son inexpérience contre les dangers d'un monde corrompu, soit qu'une tendresse toute paternelle se fût convertie en passion dans ce cœur ardent, jaloux et vindicatif, que les glaces de l'âge n'avaient pas éteint; j'avoue que le sentiment pur de cette vierge épouse pour ce père époux, ou bien l'entraînement d'une ame toute ingénue, subjuguée par une ame de feu qui survit presqu'à la vie; j'avoue que ce mariage affectueux du printemps et de l'hiver des années, de l'adolescence et de la mort, ce mélange divin de la piété filiale dans toute sa douceur, de la pudeur dans toute son ignorance, de je ne sais quel sentiment inconnu qui n'est plus pour l'un qu'une réminiscence, qui n'est encore pour l'autre qu'un instinct; j'avoue, pour parler *classique* enfin, que ce Titon et cette Aurore du moyen-âge, si heureusement personnifiés, si puissamment tracés par Byron sur la foi de l'histoire, étaient dignes d'être inventés, et que je ne sais pourquoi on n'en veut point quand on les trouve tout faits.

Quand M. de Lavergne Champ-Laurier, commandant de Longwy, fut condamné à mort le 31 mars 1794, il était déjà vieux, exténué d'infirmités, lié par la paralysie sur les banquettes du tribunal. Sa femme avait obtenu de l'y accompagner, et de tenir, près de lui, dans ses bras, une petite fille, l'unique fruit de leur mariage. Elle se leva, chercha des yeux une femme du peuple dans l'auditoire, et lui dit : Êtes-vous mère ? — Cette bonne femme la comprit. Elle vint prendre l'enfant et l'embrassa en pleurant. Madame de Lavergne sourit et embrassa aussi son enfant. Ensuite elle le laissa aux mains de cette femme, se retourna du côté des juges, et cria : *Vive le roi.* Elle mourut une heure après avec son mari, qui s'appuya sur elle pour monter à l'échafaud, parce que son âge et sa maladie ne lui permettaient pas de marcher sans soutien. Je ne sais pas si elle avait vingt ans. Et puis, il est possible que je me trompe sur l'impression que ce fait m'a laissée, mais il me semble que le vieux répertoire des adultères tragiques ne renferme rien de plus dramatique et de plus touchant.

L'auteur du nouveau *Faliero* n'a pas adopté cette manière d'envisager le sujet. Il l'a compliqué d'un adultère, parce que la pureté d'un sentiment légitime ne passe pas pour un ressort dramatique, dans l'école à laquelle il appartient encore. Cet ange dont je parlais auparavant, il est tombé, et l'auditeur sait dès la première scène qu'il n'y a plus là qu'un homme à plaindre, un homme qui sera trop heureux d'échapper au ridicule par une mort illustre, et qui serait Georges Dandin, s'il n'était pas *Faliero.* Cette concession à je ne sais quel faux intérêt, à je ne sais quel jeu mal-entendu des combats du devoir et du crime, des repentirs d'une ame égarée et des remords d'une ame perdue ; cette combinaison, dis-je, a pu séduire un poète, mais elle tourmente le cœur du commencement à la fin, ou si peu s'en faut, que je serai obligé d'expliquer tout à l'heure cette réticence. L'indignation de Faliero contre ce *calomniateur* qui n'a fait que raconter étourdiment ce que tout le monde pouvait savoir, devient l'expression d'une méprise burlesque ; il n'y a pas même ici le doute heureux de Sganarelle ; il y a un crime tout entier, un crime qui plane sur la pièce de l'exposition au dénouement, et remarquez que la destinée de Venise, qui était le monde, suspendue dans la tragédie de Byron à la juste indignation d'un souverain outragé, dépend, dans la nouvelle composition, de l'illusion comique d'un barbon trompé par sa femme. Je ne saurais trop dire, quand je suis forcé à critiquer, pour me mettre à l'abri de quelque récusation quand je viendrai à rappeler tout l'enthousiasme que m'inspirent l'auteur et ses ouvrages. Hé bien! je le dirai sans réserve : il fallait éviter au moins de compliquer, d'aggraver, d'incriminer le crime par le crime, de le faire plus criminel que le crime. Le complice d'Héléna est un neveu, un fils adoptif, un héritier, un ami, auquel ce malheureux vieillard, qui joue sa tête et la république pour laver une insulte faite à sa femme, est près de léguer la couronne ducale et sa femme. Et c'est dans le sein de cette hospitalité prodigue, c'est dans le foyer du bienfaiteur, que s'ourdit cette intrigue plus mal placée mille fois qu'elle n'est mal conçue! — Et c'est pour cela qu'on me dérobe cette belle image de la vertu la plus intéressante et la plus respectable, celle d'une pauvre jeune fille qui, par reconnaissance ou par sentiment, lie sa vie à celle d'un vieillard qu'elle aime, et veut mourir avec lui!...

Voyez cependant quels effets le poète a obtenus de cette donnée vicieuse et repoussante, et puis vous lui pardonnerez peut-être. Il a mis une tragédie dans sa tragédie, une tragédie neuve, tendre et passionnée. Cette conception n'en est pas meilleure, à mon avis; mais ce qui en résulte est sublime. La rudesse d'une critique sans autorité m'autorise à exprimer ici une opinion qui n'en a pas davantage. Il n'y a nulle part, selon moi, de scène plus magnifique, et je n'excepte ni Shakespeare ni Eschyle, que celle de la dernière entrevue de Faliero et de sa femme. Cela est profond, cela est immense, cela est vu dans le cœur humain à une portée à laquelle les regards du jeune poète n'étaient pas encore parvenus. La scène de l'interrogatoire rappelle une scène inimitable de l'*Agamemnon* de de M. Lemercier, mais elle est ici ajustée avec un art infini à une autre situation et à d'autres mœurs, et compliquée d'un artifice admirable. Le tableau du bal, l'épisode du duel, doivent avoir été saisis sous l'inspiration de *Shakespeare* et du *théâtre anglais*. Ce qui appartient à une autre inspiration, c'est le caractère défiguré de Bertram, dont Byron a tiré un si grand parti. Le hasard avait fait de ce Bertram, qui est le révélateur de la conspiration, le frère de lait d'un sénateur. Il va lui dénoncer cette conspiration pour lui sauver la vie. Voilà toute l'histoire, et que voulez-vous de plus? Ce Jaffier de l'amitié est un assez beau personnage. S'il faut absolument des déclamations et de la haine à une certaine tragédie, il restait belle place à déclamation contre l'aristocratie infidèle à ses dupes, et les trahissant sous des caresses, et les livrant en secret au barrigel et au bourreau, et leur retirant du pain quand elle s'enivre d'or. Notre excellent poète va tout droit s'attacher au chrétien, qui est tout ce qui reste de la société ancienne, si, comme je le pense, la noblesse n'y est plus. On s'est trompé toutefois sur cet élément de succès, car il n'est pas compris. La raison de notre temps est si adulte, que ceux qui ne croient pas n'osent plus calomnier ceux qui croient, et que vous verrez des athées qui daignent estimer un fidèle ; il y a d'ailleurs une affectation impardonnable à se saisir d'un fanatique pour en faire un lâche. On n'a jamais dit, à ma connaissance, que les chrétiens reculassent devant les tortures, et qu'ils vendissent pieusement leurs complices. Dans cette superbe scène de l'interrogatoire, dont la fin, par parenthèse, n'est pas adroitement scellée avec l'action, le chrétien est ce qu'il doit être. Comment s'est-il changé en vil délateur, si ce n'est qu'il fallait livrer cette proie à je ne sais quelle opinion qui n'est plus nulle part ? La haine de la noblesse était au moins une des pièces constitutives de l'action ; elle y rentrait par tous ses pores, comme les stupides ambitions de la démocratie qui sont parfaitement exprimées dans le rôle d'un pêcheur. Mais si le déclamateur de circonstance se met à la place du poète pour éveiller dans quelque auditeur complaisant quelque sympathie de parti, il y a de quoi désoler l'amant d'un beau génie qui s'égare à la merci d'une loge du balcon ou d'un coin de l'amphithéâtre, et qui fait un si large échange de son avenir contre le succès d'un moment si fugitif. Cet appel à l'impression éphémère des salons est ingénieux au Vaudeville, *qui s'accroît en marchant*, et ne marche qu'un jour. Elle est déplorable dans la tragédie, qui a la prétention de vivre, et qui a devant elle toute la postérité. Ce qu'il y a de plus triste, c'est que le résultat de ce sacrifice est compromis par le moindre *relâche* pour cause d'indisposition, et que ces combinaisons à la minute finissent par produire l'effet d'une lettre long-temps oubliée à la poste, qui vous annonce le mariage d'un cousin dont vous avez suivi l'autre jour l'enterrement. Au bout du compte, si on n'a vu dans la poésie que de la popularité, passe pour être le poète de la semaine ; mais celui de la semaine passée, à quoi cela mène-t-il ?

L'exécution théâtrale ne servira pas peu à entretenir, à prolonger l'immense succès de *Faliero*. Depuis le *Robert chef de brigands* de la rue Culture-Sainte-Catherine, où Baptiste aîné révéla un talent admirable, aujourd'hui trop oublié, je n'avais jamais vu de pièce mieux jouée en France. L'acteur qui est chargé du principal personnage me paraît doué d'une profonde intelligence. On sent qu'il a composé son rôle avec profondeur, et qu'il s'est initié aux secrets du poète. Les rôles accessoires sont saisis aussi avec beaucoup d'esprit et d'adresse. Mme Dorval est tout ce que la combinaison de l'auteur lui permet d'être, c'est-à-dire sublime dans l'expression des remords et du désespoir. Je ne sais comment elle aurait pu relever le caractère dramatique d'Héléna dans les premières scènes. Quand une femme perdue n'est pas entraînée vers son crime par la violence d'une passion qui se développe sous les yeux du spectateur, elle n'est qu'une femme perdue, et cela n'est pas dramatique. Le crime est *beau*, comme disait Diderot, mais il faut le voir passer à travers les péripéties d'une action bien conduite. Rejeté dans l'avant-scène, il est sale et hideux. J'entends dire que Mme Dorval n'a pas répondu à l'attente du public dans sa manière de dire le vers ; et ce reproche est heureux, parce qu'il marque un grand perfectionnement dans nos théories sur le système de la diction, sur l'art de lire et de parler. Mais je crois qu'il faut s'en prendre un peu à l'auteur, qui a écrit ce rôle patricien avec une élégance patricienne, et qui a marqué dans sa composition l'accouplement des rimes, le brisement des hémistiches et la suspension des césures. *Quand les vers vont deux à deux*, il faut les dire comme ils sont, sous peine de les dire mal. Voyez la fameuse tirade de Mahomet à Zopire, où le premier vers de chaque distique se balance sur une virgule, et où le second s'appuie infailliblement sur un point, comme pour noter l'amble d'un cheval. La grande moitié de nos tragédies a été jetée dans ce moule intolérable, et voilà pourquoi l'oreille, au théâtre, regrette si souvent la prose. La diction de Mme Dorval est donc parfaite comme son talent. Ce n'est pas sa faute si quelques vers de son rôle sont encore empreints du défaut radical de notre vieille facture rythmique. Pour dissimuler l'artifice et la symétrie de la période, il faudrait mutiler le sens.

Le rôle le mieux écrit de l'ouvrage est sans contredit celui de ce marin qui vient initier *Faliero* à la conspiration. Ici le style est d'une vérité merveilleuse, et l'acteur s'est trouvé à la hauteur du style et du sujet. Ce grand comédien, c'est Gobert, dont le nom n'était connu qu'au boulevard, et qui a dû étonner ses nouveaux camarades des premiers théâtres. Ils conviendront sans doute que ce talent de mélodrame ne gâte pas trop l'ensemble d'une tragédie. Il y a plus que de l'avenir dans cette manière de créer un personnage. Il y a une puissance complète et consommée. Si j'avais entendu de l'anglais, j'aurais cru voir Macready.

J'ai déjà dit ce que je pensais de l'exécution matérielle. On ne pouvait l'obtenir plus parfaite, et cependant on n'attendait pas moins de l'intelligence active et spirituelle de M. Jousslin de la Salle, qui n'est pas coupable certainement de l'invraisemblance criante de cette conspiration en plein air, dont le délateur livre le secret par une lâcheté bien gratuite. Je jurerais que le mot d'ordre a été entendu de toutes les gondoles du grand canal, et de tous les balcons de la Placette; au reste, rien de plus naturel que de n'avoir pas voulu sacrifier à un intérêt d'illusion une scène superbe et une superbe décoration. Dans les jouissances que procurent les arts, on finit par se demander *pourquoi* et *comment* on a eu du plaisir; mais quand on a eu du plaisir, qu'importe *pourquoi* et *comment?*

C_H. N_{ODIER}.

n la
icor
Pou
nut.

de c
l'un
le e
onn
s des
mé.
s qu
un
lais,

n ne
pas
le h
ance
re le
ordr
s les
voir
une
, on
mais

BARCAROLLE

Chantée dans MARINO FALIERO,

Paroles de M.ᵣ CASIMIR DELAVIGNE,

Musique de PERUCHINI.

2.

Adieu Nina, douce amie,
Cher trésor qui m'attendras;
La Vierge t'aurait bénie
L'enfant Jésus dans les bras.
Saint Marc et la Madone
Qui tressaient ta couronne
Devaient nous marier.
Que Saint Marc et la Madone
Soient en aide au gondolier.

3.

Si j'ai part, loin de ma belle,
Aux lauriers par nous cueillis,
Si Nina toujours fidèle,
Reste blanche comme un lys.
A mon retour je donne,
Un lys à la Madone
A Saint Marc un laurier.
Que Saint Marc et la Madone
Soient en aide au gondolier.

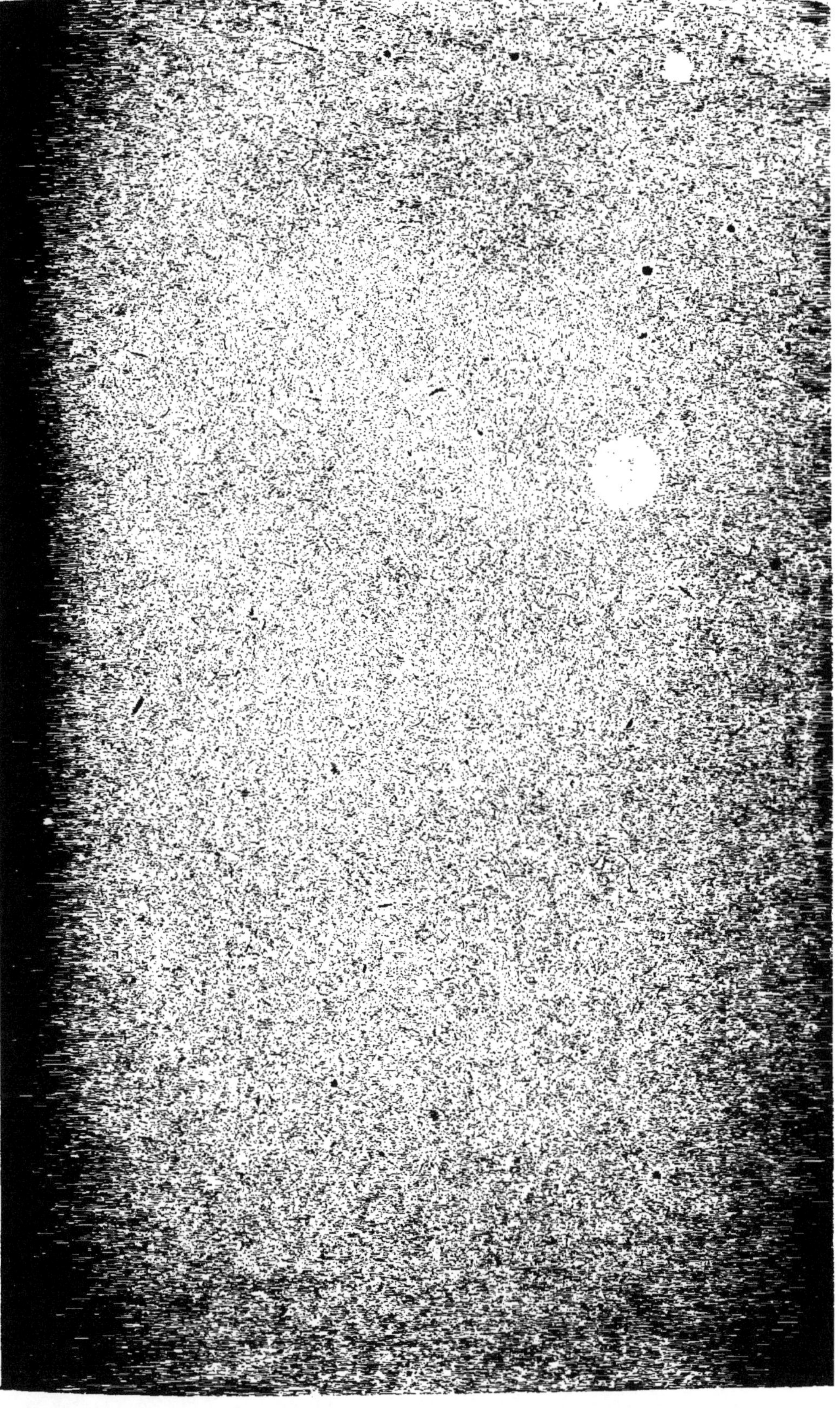